청소부 K

청소부 K

K

4

Story 신진우 ✕ 홍순식 Art

노, 놈이다!
밖에 청소부 K가
와 있어!!

장관님은 문 닫고 안에 가만히 계십쇼. 여긴 저희가 지키겠습니다.

그, 그래…

보안 요원들과 싸우는 중이니까 빨리 112에 신고해!

으윽!

이 새끼!!

싸!

놈을 쏴 버리라고!

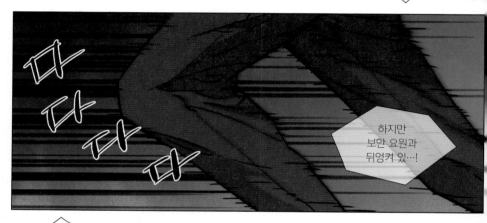

하지만 보안 요원과 뒤엉켜 있...!

상관없어! 그냥 쏴버려!

저, 정지!

이야아아!

컥!

빌어먹을.

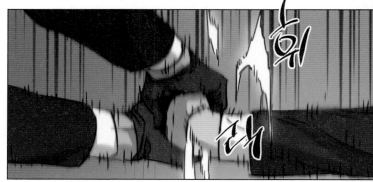

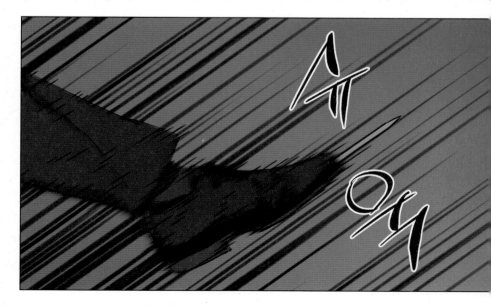

무기를 버리고
항복해. 그럼 다치진
않는다.

야.
문 안 닫고
뭐 해!

네, 넵!

장관실
Minister Office

굳이 벌주를
마시겠다니
어쩔 수 없군.

탕
탕
탕

!

다들 겁먹지 말고
한꺼번에 덤벼!
알았지?

넵!

좀 있으면
나 죽는단 말이야!
이 개새끼들아!!

오랜만이군.
이은경 교육부
장관 나리.

미, 미친놈…!

죽어,
이 괴물!!

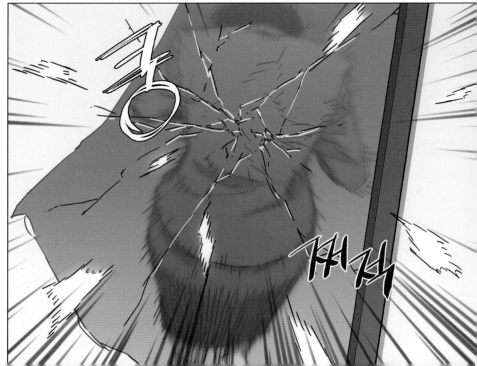

이익…!

이건 저번에 맞은 따귀에 대한 앙갚음. 내가 뒤끝이 좀 있거든.

우으…

그리고 이건…

이 멍청한
살인마
새끼야!

끔
들

그깟 성폭행…?

이…런…

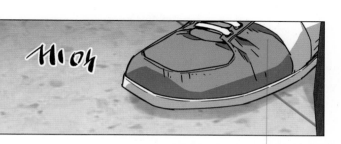

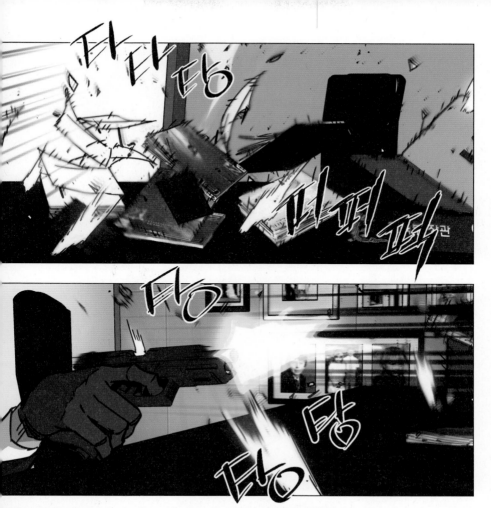

병신아!
몸을 노출시키니까
눈먼 총알에 맞잖아!

혹시
수류탄 없냐?

네…
없는데요.

준비성 부족한 건
여전하구만.

죄, 죄송합니다.

수류탄 하나
빌려줄 테니
꼭 갚게.

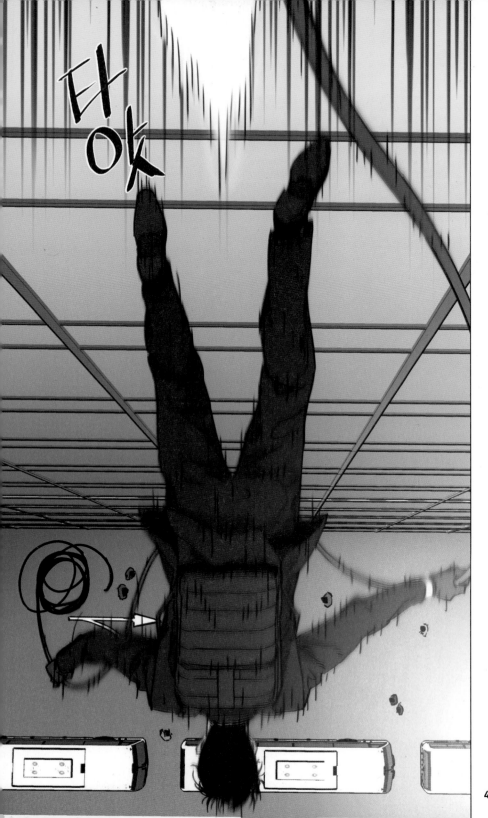

젠장,
총 맞는 것보다
이게 더 아프군.

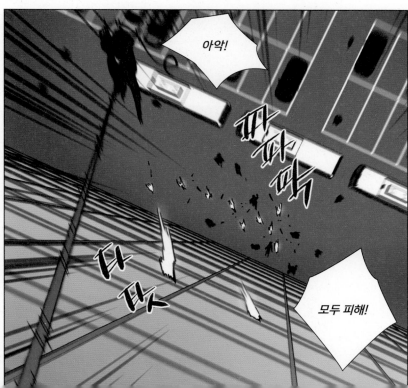

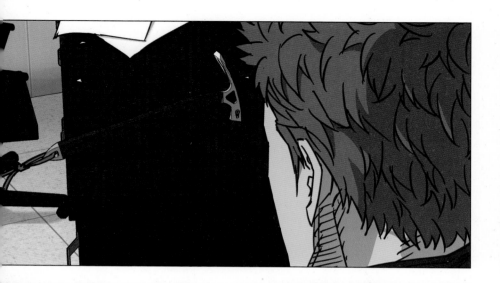

비명 지르면서
도망갈 정도로
못생기진 않았는데…
너무하는군.

오랜만에
불장난이나
해볼까?

야! 사람들이 시체 못 보게 제대로 가려. 그리고 119는?

이제 출혈은 멈췄으니까 조금만 참으세요. 119 금방 올 겁니다.

지금 오고 있답니다.

흐흑… 엄마.

따르릉릉릉

무슨 소리지…?

화재 경보음 같은데…

젠장!

이봐, 119 올 때까지 이 환자분 좀 부탁해! 알았지?

네? 네. 알겠습니다.

팀장님.
안 그래도 전화
드리려고 했습니다.

자넨 지금
어디야?

화재 경보음이
울려서 1층으로
내려가는 중입니다.

아, 그래. 잘 들어.
방금 전에 이은경 장관이
살해당했어. 범인은 김진.
아직 이 청사 건물 안에 있을 거야.
그리고 국정원 요원들과 총격전을
벌이다가 행인도 한 명
총상을 입었어.

팀장님?

아, 그래…
당장 1층으로
내려와. 여기서 놈을
놓쳐선 안 돼.

김 형사님은
어쩌죠? 불러서 같이
수색할까요?

아냐. 김진이
지하 주차장으로 갈지도
모르니 그쪽도 지켜야 돼.
이 전화 끊는 대로 연락할
테니까 자넨 빨리 내려와.

네. 알겠습니다.

왜 이렇게
전화를 안 받아?

팀장님

띠
딱

팀장님 전화 좀 받으

받으"

ㅂ ㅈ ㄷ   받으세으   전송

받으

고객이 통화 중이어서
삐 소리 후 소리샘으로
연결되며 통화료가
부과됩니다.

희한하게
꼭 나 혼자 있을 때
범인이 나타나더라. 이거
머피의 법칙인가…
젠장!

나 혼자라도
잡긴 잡아야겠지?
오늘 운수 뭐 같네,
진짜.

웃어…?

어이,
지금 내 말이 웃겨?
경찰 말이 말 같지
않냐고.

그게 아니라, 움직이면 쏜다면서 바로 두 손을 올리라고 말하는 게 모순적이라 나도 모르게 웃음이 나왔을 뿐이야.

이 양반이 지금 나랑 농담 따먹기 하자는 거야, 뭐야?

당장 머리 위로 손 올리지 못해! 이거 농담 아니야!

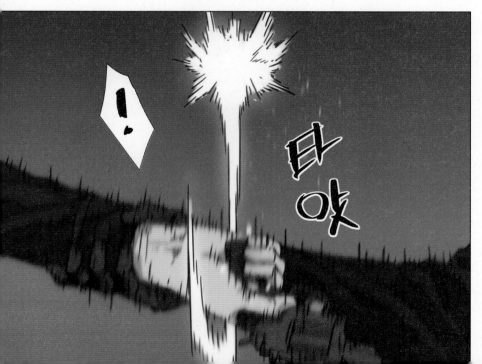

크헉!

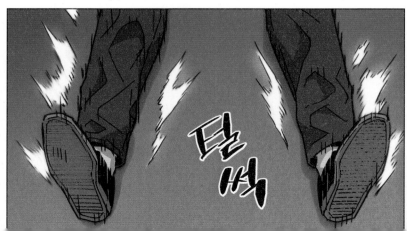

개인적인
원한은 없어.

쓸데없이
소란을 피면 입장이
곤란해져서 말이야.
미안하군.

이 친구는
왜 이렇게 전화를
안 받아…?

글쎄요.
뭔가 사정이 있지
않을까요?

우리 직원이
다쳤는데, 119 좀
불러주쇼.

어이!
경찰 아저씨들.

?

성
쿰

?

성
쿰

니미.

일하다 보면
사람이 죽거나
다칠 수도 있는 거지.
그걸 나보고 어쩌라고?
씨발. 응?

뭐?
일하다 보면
사람이 죽거나
다칠 수도
있어?

그걸 지금
말이라고 하냐?

팀장님,
참으세요.

근데 얼굴에 상처가 좀 있으시네요.

네. 안 그래도 병원 가서 치료 받으려고요.

네. 이제 가셔도 됩니다.

수고하세요.

끼이익

부웅

?

부
아
앙

왜 그러세요?

아, 아냐.

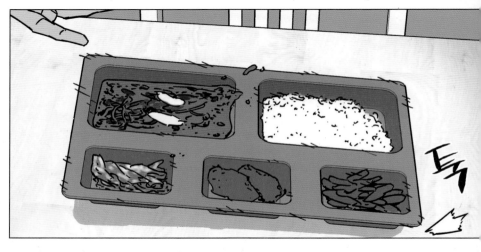

밥 먹는데
뭐가 이리
시끄러!!

여기
전세 냈냐?

…

좆밥
새끼들.

에이 씨 밥맛
다 떨어졌네.

저, 정식아…

?

저, 저거
좀 봐봐.

속보] 교육부청사서 총격전…이은경 장관 사망

속보] 교육부청사서 총격전…이은경 장관 사망

어, 엄마가…?

마, 말도 안 돼⋯ 우리 엄마가 죽었다고⋯?

거, 거짓말일 거야⋯ 거짓말일 게 분명해.

털컥 철컥

정식아!

그래. 야, 오보일지도 모르니까 엄마한테 빨리 전화해봐.

아, 그래. 맞다. 전화.

전화 거는 중

엄마

한뼘통화 다이얼 통화

이은경 교육부장관 피살…용의자는 '청소부 K'

- 청소부 K 종적 감춰…수사 장기화 우려

사회

이제 가해학생 4명과 용 회장만 남아…
경찰 경호 '고심'

이 장관 피살사건 용의자 CCTV 공개

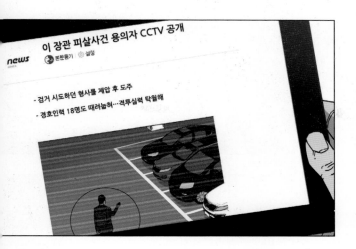

이 장관 피살사건 용의자 CCTV 공개

news

- 검거 시도하던 형사를 제압 후 도주
- 경호인력 18명도 때려눕혀…격투실력 탁월해

후
우

보시는 것처럼
이은경 장관을 살해한
용의자 김 모 씨는
미리 준비해둔 밧줄을 타고
15미터가량을 하강한 뒤 7층
창문을 깨고 다시 건물 안으로
들어갑니다.

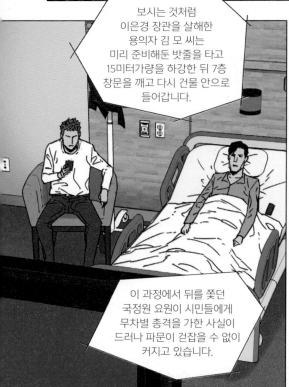

이 과정에서 뒤를 쫓던
국정원 요원이 시민들에게
무차별 총격을 가한 사실이
드러나 파문이 걷잡을 수 없이
커지고 있습니다.

이 영상은
사건 당시 시민이 찍은
휴대전화 동영상인데요,
밧줄에 매달린 김 모 씨를 향해
12층 창가에 선 국정원 요원이 마구
총을 난사하는 장면이 비교적
선명하게 찍힌 모습입니다.

이 빨간 머리를 한
국정원 요원과 마주 멱살을
잡고 욕설을 퍼붓는 사복형사의
모습도 담긴 동영상은 소셜
미디어와 언론 매체를 통해
급속히 전파되고 있습니다.

검찰은 이번 사건과 관련해
심각한 우려를 표명하며 상황을
면밀하게 검토하고 있다고 밝혔습니다.
국가정보원도 원 내 국가정보관에서 긴급
기자회견을 열어 이번 사건과 관련해
내부 감찰 조사 중이며 사실관계에
따른 입장을 조만간 밝히겠다고
전했습니다.

씨바. 개 같네.

한편 시민 단체들은
김세훈 현 국정원장을 검찰에
고발하는 방안을 검토 중이라며
"국회 차원의 진상 조사와 함께
국정원 압수수색 등 철저한
진실 규명이 시급하다"고
강조했습니다.

일각에서는 20억 원 차떼기
의혹 및 이번 총격 사건으로
최대 위기에 직면한 김세훈 국정원장이
자신의 거취에 대해 직접 입장을
밝힐 것이라는 관측이 나오고 있는 가운데,
야당에서는 "국정원장으로서
부적격하다"며 "자진 사퇴"를
요구하고나섰습니다.

누가 우리 정체를
밝혔을까요?

누구긴 누구겠어.
그 짭새 아저씨겠지.
한번 엿 먹어보라는
거지 뭐.

좋아.
그럼 일단 여기서
철수하고.

회사엔 우리 둘 다
자살로 처리하라고 전해.
아쉽지만 현재로선
그 수밖에 없어.

네, 알겠습니다.

그리고
우린 용 회장과
합류해서 김진이 오길
기다린다.

김진은 가명으로 신분을 위장한 채 교육부의 보안·경비 업무를 전담 아웃소싱하고 있는 용역 업체를 통해서 입사 지원을 했습니다.

회의실

이 력 서

지금 보시는 화면이 김진이 '박세준'이라는 가명으로 제출한 이력서인데요.

성명	한글	박세준	연락처	전화	
	한자	朴世俊		H.P	010-XXX-XXXX
주민등록번호		XXXXXX-1XXXXXX		E-mail	
생년월일		XX년X월 X일	(음,양)		
현주소		(XXXXX) 서울시 양천구 목동 현대하이페리온 102동 03호			

학력	재 학 기 간	학 교 명	전 공	학 점
	9년0월~0년0월	양정고등학교(졸업,예정,중퇴)		
	년 월~ 년 월	대학(졸업,예정,중퇴)		/ 4.5
	0년0월~0년0월	경희대학교(졸업,예정,중퇴)		3.8/ 4.5
	년 월~ 년 월	대학원(졸업,예정,중퇴)		/ 4.5

경력	근 무 가 간	회 사 명	업 무
	0년0월~0년0월	(주)인비	
	0년0월~0년0월	(주)한국전기	
	년 월~ 년 월		

신원 조회 결과 박세준은 약 2년 전에 개인 파산 신청을 한 뒤 현재 동부시립병원에서 췌장암 말기 진단을 받고 입원 치료 중인 의료보호 1종 환자로 확인됐습니다.

의료보호
1종 환자…는
무슨 뜻이야?

근로 능력이 없는
저소득층 주민에게 국가가
진료비 전액 또는 그 일부를
지원하는 의료보호 대상자를
뜻합니다. 박세준의 경우엔 연고가
없는 행려병자라서 서울시에서
진료비 전액을 부담하고
있고요.

그리고 이 사진이
오늘 찍은 박세준 씨의
실제 모습입니다.

쯧쯧. 그러니까
그 용역 업체가 제대로
신원 확인도 안 하고 닥치는
대로 다 보안 요원으로
받아줬다는 소리구만.

네. 그런데
그 업체만 비난할 수 없는 게
공공기관이 아닌 일반 기업이
특정인의 신원을 조회하는 건
거의 불가능합니다.

또 마침 공교롭게도
이은경 장관의 지시로 청사의
경비 인력을 대거 충원 중인 터라
그 업체 입장에선 큰 결격사유가
없는 한 모두 고용할 수밖에
없는 처지였겠죠.

김진이 보안 인력
충원 첩보를 어떻게
입수했는지는 모르겠지만
아무튼 이 점을 교묘하게
역이용해 침투한 것으로
판단됩니다.

흐음.
사상자 수는?

사망자는
이은경 장관
한 명뿐입니다.

그리고 총상을 입은
사람은 두 명인데, 한 명이
가슴과 복부에 총을 맞아
위급하다고 들었습니다.

중경상자는
스무 명 정도 되는데
대부분 경상이라 치료를 받고
이미 퇴원한 상태입니다.

그 김진이라는 놈이
쏜 건가?

아닙니다.
여기 화면을 보시죠.

이건 이은경 장관의 집무실이 있는 12층 복도의 CCTV 화면인데요, 오전 9시 25분경에 혼자 난입한 김진이 보안 요원들을 제압하는 모습입니다.

혼자 저 많은 인원을 상대했단 말이야?

네, 복도에 있던 보안 요원들의 증언에 따르면 섬광탄 같은 게 먼저 터졌답니다.

그 섬광과 폭음에 놀라 정신없는 사이에 차례로 제압당한 거죠. 화면을 자세히 보면 김진이 삼단봉을 휘두르는 모습이 보일 겁니다.

중요한 건 이 마지막 장면입니다. 이 두 보안 요원을 주목해주십시오.

한 보안 요원이 김진을 벽으로 밀어붙인 상황에서 다른 보안 요원이 품속에서 권총을 꺼내 드는 게 보이시죠? 그러고는 잠깐 망설이더니 바로 사격을 시작합니다.

이를 본 김진이 자신과 실랑이 중인 보안 요원을 방패로 삼아 권총을 쏘는 요원을 향해 돌진합니다.

이 과정에서 총알막이가 된 보안 요원은 가슴과 복부 2군데에 총상을 입고 중태에 빠졌습니다. 현재 서울대병원에서 수술 중인데, 안타깝게도 살아날 가망이 희박하다고 합니다.

음, 저 보안 요원이 사람을 쌌다 이거지?

예.

대체 저놈 정체가 뭐야?

저 보안 요원의 이름은 이호재.

김진과 마찬가지로 오늘 첫 출근을 한 보안 요원이고요, 신원 조회 결과 현재 수원의 한 타이어 공장에서 일하는 탈북자로 확인됐습니다.

달칵

2005. 6. 19 성동구청장

5. 6. 19 성동구청장

그리고 보시는 바와 같이 이력서와 주민등록증상의 외모가 확연히 다른 것이 누군가 이호재의 신분을 사칭한 것으로 보입니다.

이호재 본인은 오늘 하루 종일 공장에서 일한 것이 확인이 됐습니다.

누가 그 사람 신분을 사칭한 것 같나?

…글쎄요.

제 개인적인 추측이긴 합니다만… 이호재를 사칭한 이는 국정원의 비밀 요원인 것 같습니다.

왜지?

일단 권총을 소지했다는 사실과 군인처럼 머리를 짧게 자른 외모, 또 김진과 격투를 벌일 때 뾰족한 칼날이 튀어나온 구두를 사용하고 있는 점이 마음에 걸렸습니다.

사실 이런 건 시중에선 찾아보기 힘든 무기죠. 뭐랄까, 첩보 기관에서나 쓸 법한 비밀 무기라고나 할까요?

그리고 동영상에서 보여주는 날렵한 몸놀림 등 지금까지 언급한 요소를 놓고 볼 때 비정규전을 전문으로 수행하는 첩보원이 아닌가 하는 의심이 들었습니다.

특히 김진과 똑같은 수법으로 탈북자의 신분을 사칭했다는 점에서 더더욱 그쪽 식구일 가능성이 높다고 봅니다.

…

그 빨간 머리 사이코도 국정원 요원이라고 그랬지?

예.

그렇다면 왜 국정원에선 시민들을 다치게 하면서까지 필사적으로 김진을 제거하려 드는 걸까? 그 점에 대해선 어떻게 생각하나?

전 그게 김세훈 국정원장의 20억 차떼기 의혹과 관련이 있다고 생각합니다.

20억 차떼기…? 아, 대동그룹. 그건 임학수 부장의 개인적인 일탈이라고 용 회장이 선을 긋지 않았나?

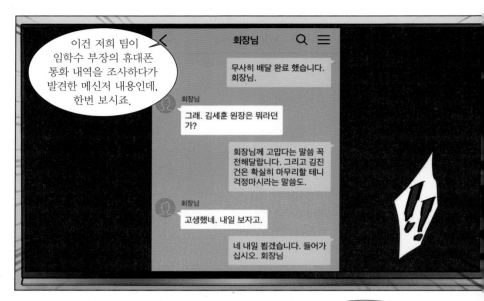

이건 저희 팀이 임학수 부장의 휴대폰 통화 내역을 조사하다가 발견한 메신저 내용인데, 한번 보시죠.

참고로 말씀드리면 임 부장이 20억 원을 실어 나른 00일 자정 무렵에 용 회장과 나눈 대화 내용으로 명백한 청탁의 증거라고 생각합니다.

네.

못 잡으면 여기 있는 사람들 다 사표 쓸 각오해. 알았어?

네! 알겠습니다! 충성!

아 참, 그 김진 혼자 체포하겠다고 덤벙대다가 맞고 기절한 놈 누구냐? 얼굴 좀 보자.

경장 김.형.철.

쿵 쿵

너냐?

네. 그렇습니다!

새꺄. 머리가 있으면 차를 타고 조용히 따라갔어야지. 니가 무슨 리썰 웨폰이냐, 거기서 왜 설쳐?

시말서 제출해, 인마. 알았어?

110

네…

들어가십시오! 청장님.

그래. 고생들 해라.

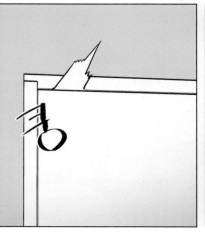

쾅

괜찮아.
자넨 최선을 다한 거야.
그걸로 충분하니까 너무
마음 상해하지 말라고.
알았지?

예.

근데요.

딸칵

제가 잘 몰라서
그러는데…
리썰 웨폰이 뭐예요?

크으~

뭐예요?
네?

세대 차이
느끼네, 진짜.

윤 기자, 퇴근 안 해?

아, 이거만 쓰고 가려고.

차떼기
특종 터트리더니 너무
열심히 하는 거 아냐?
건강도 좀 생각하면서
일하라고.

그럼
나 먼저 갈 테니
고생하서.

그래, 알았어.
내일 보자고.

떼링─

?

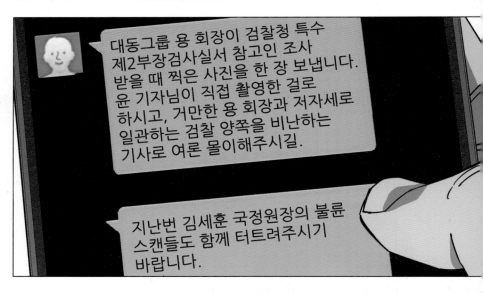

대동그룹 용 회장이 검찰청 특수
제2부장검사실서 참고인 조사
받을 때 찍은 사진을 한 장 보냅니다.
윤 기자님이 직접 촬영한 걸로
하시고, 거만한 용 회장과 저자세로
일관하는 검찰 양쪽을 비난하는
기사로 여론 몰이해주시길.

지난번 김세훈 국정원장의 불륜
스캔들도 함께 터트려주시기
바랍니다.

세상에…!
이건 대체 어떻게
찍은 거야?

그나저나 이런
사진을 찍어 보낸 걸 보면
국정원 요원이 맞는 거 같은데…
김세훈 국정원장을
대하는 걸 보면 또 아닌 것
같기도 하고.

대체
어디서 나온
사람이지?

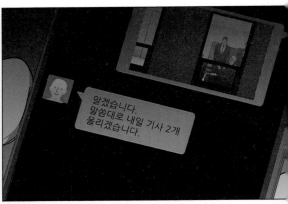

알겠습니다.
말씀대로 내일 기사 2개
올리겠습니다.

박 대리. 밤늦게 미안한데, 윤 차장검사한테 연락해서 뉴스네트워크24의 사회부 윤형식 기자를 뇌물수수 혐의로 긴급 체포해달라고 전하게. 관련 증거는 팩스로 보낸다고 해.

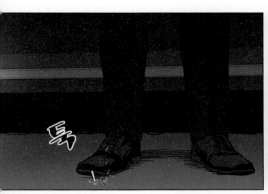

미안하지만 그래도
4,000만 원 받아먹은
죗값은 치러야지.
안 그래?

그나마 나한테
걸린 걸 다행으로 여기라고.
김진에게 걸렸으면 뼈도
못 추렸을 테니까.

천장 봐봐.

이번엔 정면. 지금도 시야가 일그러지면서 흐릿해 보이고 눈 가장자리에 커튼이 드리워진 것 같아?

날파리 같은 것도 여전히 떠다니고?

응.

언제부터 증상이 시작된 거야?

그게…

오늘 아침부터 그러더라고 갑자기 눈도 부시고…

오늘 아침이면 교육부 청사 사건 때구나. 뉴스 보니까 격투는 물론이고, 총격에 건물에서 떨어지기까지 했던데. 맞지?

그래, 맞아.

흐음. 내가 보기엔 망막박리를 일으킨 것 같아. 양쪽 눈 다.

망막박리…?

그래.
심한 충격으로 안구를
감싸고 있는 망막의 일부가
벗겨진 것 같아.

이대로
놔두면 틀림없이
두 눈 다 시력을
잃고 말 거야.

…

치료 방법은?

수술밖에 없어.
나보고 해달라고 하진 마.
이건 안과 전문의가
집도해야지 내 실력으론
도저히 무리야.

그냥 놔두면
실명은 확실한
거야?

응, 실명은 100%
확실해. 그리고 일단 실명하면
수술해도 시력을 되살리는 건 불가능해.
망막박리 수술은 막의 일부가
안구에 붙어 있는 걸 전제로
하는 거니까.

그런데…
오빠, 복수는 계속
할 거야?

응. 이건 반드시
내 손으로 끝내야
될 일이야.

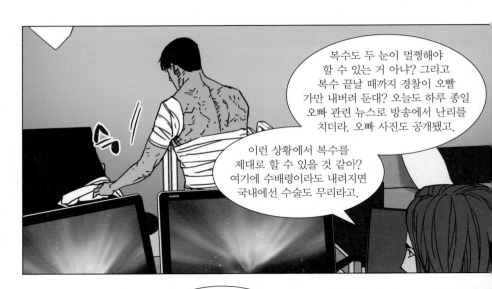

복수도 두 눈이 멀쩡해야 할 수 있는 거 아냐? 그리고 복수 끝날 때까지 경찰이 오빠 가만 내버려 둔대? 오늘도 하루 종일 오빠 관련 뉴스로 방송에서 난리를 치더라. 오빠 사진도 공개됐고.

이런 상황에서 복수를 제대로 할 수 있을 것 같아? 여기에 수배령이라도 내려지면 국내에선 수술도 무리라고.

이럴 땐 반보 물러나서 사태를 파악하고 빨리 몸을 추스르는 게 낫다고 보는데, 내 말 틀려?

그렇게 되면
그건 그때 일이야.

오빠, 설마…
죽을 생각이야?

아니.
죽을 생각은
추호도 없어.

이보다 더한
악조건 하에서도 숱하게
살아남았어. 그 악명 높은 소련의
KGB도 날 죽이진 못했다고.
지금껏 그러했듯이 이번에도
어떻게든 살아남을 거야.

그러니까
대답해줘. 수술을 안 하면,
시력을 잃기까지 시간이
얼마나 남았는지…

오빠,
진짜 바보 아냐!
당장 수술
받아야 한다고!
내 말 못 들었어?

무슨 말인지
알아, 수정아. 하지만
나에게 있어 1순위는
복수야.

부탁해. 지금은 내가
하고 싶은 대로 내버려 둬.
남은 시간이 얼마나
있는지만 말해줘.

얼마나
시간이 남았는지는
아무도 몰라.

그건 안과
전문의라도 장담
못 할 거야.

내일 당장
시력을 잃을지도 모르고,
한 달 뒤, 혹은 석 달 뒤에
위기가 찾아올지도 몰라.

것도 조용히 안정을
취할 때 이야기지, 지금처럼
계속 격렬하게 움직이면
한날한시도 장담 못 해.

자유와 真理를 향한
흑名의 헌신

회장님을 대하는 검찰의 자세

...으며 조사 받는 용 회장과 아부하는 검찰

우러러 한 점 부끄럼 없다'던 용지운 회장.
...계 조직폭력단 '대동파' 행동대장 출신
...을 박모 부장검사. 최근 벤츠로부...
...의의 수호자인가, 비리...

...항하는 나의 대통령,
...을 잊지 않겠습니다.

세상의 첫...

충격! 김세훈 국정원장, 미모의 30대 유부녀와…

'20억 원 차떼기 의혹' 및
'국정원 요원 총격사건'에 이어
이번엔 '불륜 스캔들' 휘말려…
신뢰 잃은 국정원, 이대로 좋은가

대체 어떤 놈이
내 뒷조사를 하고
다니는 거야? 정말
미치고 환장하겠네…

혹시
그 녀석이…?

똑똑

들어오게.

저기, 원장님…
청와대에서 오전 내로
좀 들어오시랍니다.

청와대에서
갑자기 왜?

근래 잇따라
터진 사건 사고 때문에
그런 것 같습니다.
비서실장님께서 앞으로의
거취에 대해 상의를
좀 하자고…

…

알았네.
차 준비시키게.
바로 나가지.

예,
알겠습니다.

아 참.

?

박진열 일행 문제는 어떻게 처리됐나?

네. 자살로 처리될 예정입니다. 오늘 관련 보도가 나갈 것 같습니다.

그래, 잘했어. 그건 그렇게 마무리하면 될 것 같고.

민 실장, 그놈은 어디 있지?

민 실장은 복도에서 대기 발령 근무 중입니다.

그런데 그게… 너무 가혹한 조치가 아니냐며 사내에서 좀 말이 많습니다.

회장님, 참고인 조사 받으실 때 검찰청사에서 웃고 있는 모습이 찍혀서 화제가 되고 있는데요, 이에 대해 어떻게 생각하십니까?

허허, 떳떳하니까 웃는 거죠. 죄가 있으면 그렇게 여유만만 하겠습니까.

용 회장님.
이은경 교육부 장관이
일명 '청소부 K'라고 불리는
김 모 씨에 의해 잔인하게
살해당했습니다.
그 점에 대해선 어떻게
생각하시는지요?

아, 참으로 안타까운
일이 아닐 수 없습니다.
백주대낮 서울 한복판에서 한 나라의
장관, 그것도 가녀린 아녀자를 공격해
참혹하게 살해하고 그것도 모자라 시신을
건물 밖으로 밀어버리는 범인의
반인륜적인 잔학성과 무모함에
경악을 금치 못합니다.
그리고 분노합니다.

이처럼 절대 용납
할 수 없는 테러 행위가 버젓이
판치는 세상이 과연 법치주의 국가가
맞는지… 검찰과 경찰, 그리고
국민 여러분께 감히 되묻고 싶습니다.
정말이지 너무나 억울하고
원통해서 자살하고 싶은 생각이
하루에도 수십 번씩 듭니다.

이 자리를 빌려, 이 같은 테러 행위들이 반드시 그에 상응하는 처벌을 받을 수 있도록 정부에서는 모든 역량을 모아 하루바삐 범인을 체포하길 촉구하는 바입니다.

그래서 저와 같은 모범 시민들이 국가 치안에 대한 신뢰와 자신감을 갖도록 해주십시오. 이상입니다.

이번 사건 담당 부장검사의 차가 최근 벤츠로 바뀐 것에 대해 말이 많은데요?

아, 저는 모르는 일입니다.

용 회장님, 지난번에 "하늘을 우러러 한 점 부끄럼이 없다"고 말씀을 하셨는데요.

제가 용 회장님
과거 행적을 알아보니까
80년대 그 유명한 폭력단 '대동파'의
행동대장 출신이시더라고요.
전과도 자그마치 9범이나
되시고요…

'대동그룹'이라는
명칭도 과거 몸담으셨던
'대동파'에서 따왔다고 하던데요.
제 말이 틀렸나요?

이에 대해 해명 좀
부탁드리겠습니다.

PRESS

윤형식
뉴스네트워크 24

후우

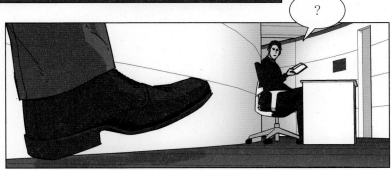

?

여어,
민 실장.
잘 지내고 있나?

네. 덕분에
잘 지내고 있습니다,
원장님.

복도에서 대기하는 게 적성에 맞는 모양이군. 전에 봤을 때보다 살이 더 쪘어.

이봐, 민 실장.

네, 원장님.

너 솔직하게 말해봐, 네놈이 언론에다 내 이야기 흘렸지?

무슨 말씀이신지…

덥썩

이 자식!

모르는 척 시치미 떼지 마!

20억 차떼기랑 내가 바람 피우고 있다는 걸… 네놈이 사진까지 찍어서 언론에 다 까발렸잖아. 응?

아무리 생각해봐도 내 뒤를 캐서 그렇게 야비하게 조작질할 놈은 네 녀석밖에 없더라고. 말해봐, 어디 내 말이 틀려?

어디 그뿐이겠습니까. 뇌물 수수에 강요 및 직권남용, 민간인 불법 사찰, 공무상 기밀 누설, 관제데모 불법 지시, 업무상 횡령, 공무원 불법 납치 및 살인 교사, 그리고 두바이 이권 개입 등 이건 뭐 캐도 캐도 끝도 없이 나오더군요.

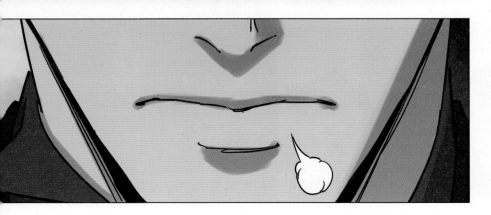

넘지 말아야 할 선을 기어이 넘으시는군요.

뭐, 넘지 말아야 할 선…?

이 자식이… 진짜!

원장님…!

이거 놓지 못해!

참으십쇼. 지금 직원들이 보고 있습니다.

원장님.

밑의 직원 겁박할
시간 있으면 차라리 앞으로의
거취에 대해 진지하게
고민해보시는 게 더
낫지 않을까요?

그리고 빨리
청와대에 가보시죠.
비서실장님이 기다리고
계신다고 들었습니다만.

내, 내가 청와대에 간다는 걸… 네놈이 어떻게 알았어?

다 아는 수가 있지요.

원장님, 이제 출발하실 시간입니다.

그래, 출발하지.

이봐, 곽 비서.

네. 원장님.

청와대 갔다 올 동안
내 방에 도청 장치가 있는지
체크해봐. 알았지?

네. 알겠습니다.

!?

경기남부지방경찰청
광역수사대에서 나왔습니다.
이게 그 국정원 요원들
시신입니까?

네. 그런데요.

그럼 잠시 실례.
신원 확인 좀
하겠습니다.

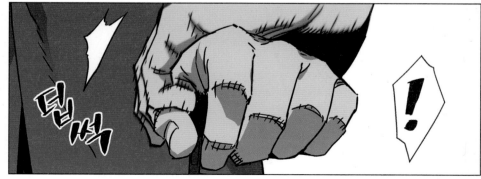

딥썩

!

저희가 신원
확인했습니다.

박진열, 이호재.
피해자 두 사람 모두
국정원 요원인 관계로,

이번 사건은
우리 국가정보원에서
맡아 진행합니다.

힐끔

필요하시다면
오늘 내로 관련 공문
보내드리죠.

청소부 K 사건도
그쪽에서 일임했다가
지금 이 모양 이 꼴이
된 거 아닙니까.

우리도
일단 현장에 출동한 이상
피해자들 신원 확인은
직접 해야겠습니다.

나중에 뒷말 나왔을 때
그쪽에서 책임질 거 아니면
좀 비켜주시죠.

피식

?

알겠습니다.
그렇게까지 말씀하신다면
두 눈으로 직접
확인해보시죠.

…

자, 이제
소원풀이들
하셨습니까?

얼굴이
이 모양인데… 어떻게
신원 확인을 하셨는지
궁금하네요.

다행히 둘 다 신분증을 소지하고 있더군요.

보아하니 이호재가 술을 먹다가 말다툼 끝에 상관인 박진열을 권총으로 살해한 후 스스로 목을 맨 것으로 보입니다.

유서에도 그렇게 써 있구요.

유서요?

네. 현장에서 수거한 이호재의 유서인데, 직접 보시죠.

원장님, 차장님, 국장님께.

교육부 청사에서의 총격사건으로 동료와 국민들께
큰 논란이 되어 죄송스럽게 생각합니다.

업무에 대한 열정으로 열심히 일했습니다.

하지만 업무에 대한 지나친 욕심이
직급의 사태를 일으킨 듯합니다.

그리고 박진열 팀장님과 말다툼 끝에
돌이킬 수 없는 큰 실수를 저지르게 되었습니다.

이건 저의 명백한 잘못입니다.

이에 제 목숨을 끊어 진심으로 사죄코자 합니다.

저와 같은 일이 다시는 벌어지지 않도록 잘 조치해주시기 바랍니다.

국정원 직원이 본연의 업무에 수행함에 있어 한 치의
회피함이 없도록 조직을 잘 이끌어주십시오.

제 시체는 화장해주시길...

감사합니다.

…

확인할 게
더 있으신지…?

아닙니다. 이제
가셔도 됩니다.

그럼.

이거 어떻게들 생각해?

글쎄요. 얼굴이 저렇게 묵사발 난 게… 과연 그 빨간머리 시체가 맞는지 솔직히 의심이 갑니다.

나도 그래. 이거 아무래도 사건을 무마하기 위한 국정원 측의 공작으로 밖에 안 보여.

윤 기자님, 특종 연속으로 터트린 거 진심으로 축하드립니다!

축하드려요!!

형님.
'올해의 기자상'은
따놓은 당상 같습니다.
미리 축하드려요.

이 친구가
대동그룹 용 회장한테
대놓고 조폭 출신 아니냐고
큰소리칠 땐 내가 다 조마
조마하더라니까.

나 비행기
너무 태우지 마.
그러다 떨어지면
아프다고.

사실 그때 저도
많이 쫄았어요.

아, 그래?
하하하.

근데 윤 선배,
그 검찰청 사진은
어떻게 찍은
거예요?

사진 보니까 고배율 망원렌즈에 텔레컨버터* 없으면 찍기가 힘들 것 같던데… 선배는 그런 장비도 없으시잖아요?

그, 그건…

* 텔레컨버터: 렌즈와 카메라 사이에 장착해서 초점 거리를 늘려주는 보조 장비

실례합니다.

여기 윤형식 기자님이라고 계십니까?

전데요,
실례지만
누구시죠?

아, 검찰에서
나왔습니다.
윤형식 기자님
맞으십니까?

네.

윤형식 씨,
당신을 협박 및
뇌물 수수 등의 혐의로
긴급체포합니다.

김진에게 살해당한
조재영 검사에게 사실관계를
폭로하겠다며 협박하고는
그 입막음 조로 4,000만 원을
받은 적이 있죠.

맞습니까?

…

네, 맞습니다.

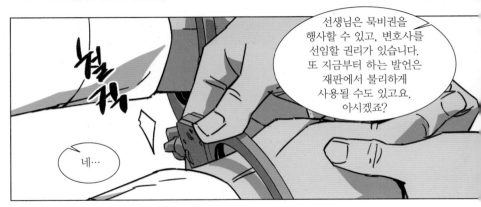

선생님은 묵비권을
행사할 수 있고, 변호사를
선임할 권리가 있습니다.
또 지금부터 하는 발언은
재판에서 불리하게
사용될 수도 있고요.
아시겠죠?

네…

아니, 이거 뭐가
어떻게 돌아가는 거야…?
갈피를 못 잡겠네.

좀 비켜주십시오.

조 검사는
용 회장 편 아냐?
그쪽에서 돈을 받았다니…
이게 뭔 소리야?

그러게, 그럼 지금까지
국정원과 용 회장 측 비판
기사 쓴 건 또 뭐야? 쇼…?
이해할 수가 없네.

진짜 귀신이
곡할 노릇이다.

…

모바일 메신저 대화 내용에서 용지운 회장이 김세훈 국정원장에게 건넨 '뇌물'을 미리 인지하고 모의한 단서를 확보했다고 밝혔습니다.

어, 박 검사. 지금 뉴스 보고 있나?

이런 건 언론에 발표되지 않도록 자네가 미리 손을 썼어야지. 지금 뭐 하고 있는 건가?

벤츠까지 사줬으면 일 처리를 똑바로 해야지, 안 그래?

용 회장님. 저, 죄송하지만… 이건 제 선에선 처리가 좀 힘들 것 같습니다.

그게 뭔
개소리야!!
앙!

삘
뻑

그게… 아무래도
청와대에서
움직이는 것 같습니다.

청와대…?
청와대가 왜!?

…인수과정… 가해자 학부모간 특혜 의혹

그게… 얼마 전에 터진
성X종 스캔들 있잖습니까.
그걸 묻으려고 이번 건을
부풀려서 보도하라는 지시가
내려온 모양입니다.

Subnature

크크큭.
요런 시건방진
호로새끼들을 봤나.
지들 살려고 감히
날 죽이려고 들어?

뒤질라고
아주 작정들을
했구만.

야, 박 검사.
지금부터 내가 하는 말
그대로 검찰총장
새끼한테 전해.

"나 혼자 안 죽어.
만에 하나 내가 학교 가게 되면
니들도 다 엮어서 함께 들어갈 거야.
알았냐, 이 씨발놈아."
지금 한 말 토씨 하나 틀리지 말고
그대로 전해. 알았어?

알겠습니다.
회장님.

하여간 대답은 잘해요. 이 떡검 새끼들.

끝으로 경찰청 유 대변인이 한 말이 인상적인데요.

그는 "결국 이 모든 것이 검찰의 수사 의지에 달린 문제"라며 최근 조재영 부장검사의 비리행각 및 벤츠 검사 등 각종 비위에 연루된 검찰을 에둘러 비판하며 중립적이고도 엄중한 수사를 촉구했습니다.

이상 남부지방경찰청에 KTN 김영일 기자였습니다.

개새끼들, 내가 그렇게 쉽게 죽을 것 같애? 나 절대 안 죽어.

내가 칼 수십 방 맞고도 혼자 응급실까지 기어가서 살아남은 독종이야. 나 우습게 보다간 니들 다 죽는다. 이 빌어먹을 새끼들…!

뚝 뚝

뭐야!!

끼익

형님, 죄송한디.
거시기… 국정원장이
보냈다면서 젊은 놈 하나가
좀 뵙자고 하는데
으짤까요?

국정원장이
보냈다고…?

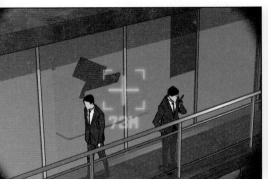

이거 등굣길에
애들 납치하는 것도
쉽진 않겠는데.

남성기 국 남석훈 동향.
등교시간 AM 07:34.
경호원 3명 및 경찰차 호위.
학교 안까지 경호인력 대동.
교실서 납치시 위험부담 ↑

집 안에도
경호 인력이
상주하는 눈치고…
아무래도 딴 방법을
찾아봐야겠어.

?

떨커리

네.

김 과장,
나 민일세.

잘 있는지 궁금해서
연락해봤네.
어떻게 지내나?

일하는
중입니다.

일? 그래,
일은 잘돼가고?

부
웅

아뇨.
걸림돌이 많아서
고민만 하고 있습니다.
실장님은 어떻게
지내십니까?

콩고요?
거긴 지금 내전
지역 아닙니까?

텁

난 콩고민주공화국으로
좌천성 발령이 나버렸어.
2~3일 안에 얼른 짐 싸서
나가라더군.

그렇지.
나보고 가서
죽으라는 소리지.

살칵

보아하니
김세훈 원장 짓이군요.

그래.
지 딴에는 이게
카운터펀치라고
날린 거겠지.

설마… 진짜
가실 겁니까?

알다시피 내가 맞고는
못 사는 성미지 않나.
이렇게 된 이상 다시는
덤벼들지 못하도록 확실히
조치를 취해야겠어.

조만간
국정원장 관련 기사가
신문 1면을
장식하겠군요.

그래, 기대해도
좋을 걸세.

아, 그건 그렇고.
자넬 쫓던 우리 회사 직원들
뉴스 들었나? 말다툼을 벌이다가
부하 직원이 빨간 머리 진열이를
살해했다고 나오던데. 자넨
어떻게 생각하나?

100% 가짜 뉴스라고
확신합니다. 박진열이, 굉장히
교활하고 약삭빠른 녀석입니다.
어설프게 당할 놈이 아니죠.

아마 시체 바꿔치기하고는
어딘가에 숨어 반격할 기회를
노리고 있을 겁니다.
저라도 그렇게 할 거고요.

나도 같은 생각일세.
혹시 모르니까 항상
몸조심하게. 알았지?

아, 그리고 용 회장은
자네한테 살해당할까 봐
매일 숙소를 바꾸며 이동한다더군.
그런데 충북 단양에 위치한
별장엔 일주일에 한 번은
꼭 들르는 눈치야.

참고하…!?

이런…

나도 많이
둔해졌군.

왜 그러십니까.

감시 차량이
따라붙은 걸 이제야
발견했어. 이만
끊겠네.

경향신문

그래. 수고했어.
계속 마크하면서
특이 사항 있으면
바로 보고하도록.

어이,
정원이 총각.

거 어른을 보면
인사를 혀야지. 예의는
밥 말아먹었당가?

피식

조폭 새끼가
예의 같은 소리 하고
자빠졌네.

!

들어와.

께익

뭐여!
니 시방 뭐라고
씨부렸냐!!

낼
떡

어메,
저런 쌍놈의
호로새끼를
봤나…!

뭐가 이렇게
시끄러워?

글쎄요.
왜 저러시는지 저도
잘 모르겠습니다.

저벅
저벅

그런데 회장님,
혹시 충북 단양 쪽에
별장이 있으십니까?

회장 용지운

방금 들어온 첩보인데,
김진이 그 별장에서
회장님을 덮칠 가능성이
높은 것 같습니다.

그게 정ᄆ

네.

빌어먹을,
이제 그 별장도
가긴 다 글렀군.

아니죠.

괜찮으시다면
그 별장을 놈의 무덤으로
만들까 하는데요,
저에게 묘책이
하나 있습니다.

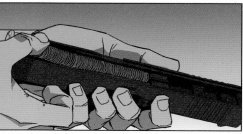

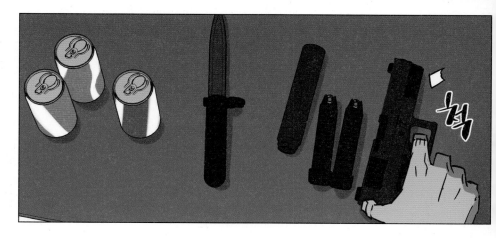

글록 한 정,
탄창 둘, 수류탄과 섬광탄,
최루탄이 각각 하나씩,
그리고 스페츠너츠 나이프
한 자루…

이제 남은 무기는
이것뿐인가.

화력이 부족하지만
어쩔 수 없지. 이빨이
없으면 잇몸으로라도
씹는 수밖에.

본부 별내 지회
TEL 032 5681 XXXX

안내를
시작합니다.

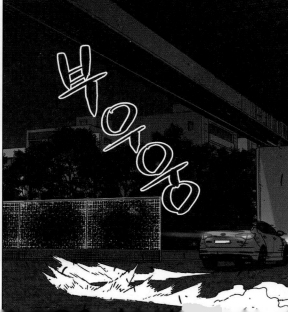

크으!

탁

그 20억 차떼기에 대한
여론이 너무 안 좋아.
이대로는 자네나 우리나
좋을 게 하나도 없네.

그래서 말인데,
일단 원장직에서 물러나서
추이를 살피는 게 어떻겠나?
모레까지 생각할
시간을 주지.

개자식들.

내가 지들을
위해서 온갖
궂은일은 다
맡아 했는데…
뭐, 이제 와서
날 토사구팽
하겠다고?

좋아.
날 사냥개 취급하겠다면
네놈들 목줄을 아주 제대로
물어뜯어주마.

내가 알고 있는 지들
비리 다 까발려버리겠어.
나 혼자 죽을 순 없잖아.
크크.

…우읍!

우웩!

우웩!

원장님.
이제 그만 드시죠.
많이 취하신 것
같습니다.

끼익

나왔네. 찍어.

네.

…

이거 아무래도
내가 실수를 한 것
같은데.

네?

아, 혼잣말일세.
다 찍었나?

네. 다
찍었습니다.

부릉

그럼 움직이지.

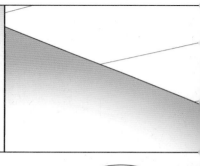

많이
피곤하신가 봅니다.
이 박카스 먹고
힘 좀 내시죠.
크크.

색히.
식전부터 아부는…
뭐야?

계장님.

대동그룹 용 회장과
김세훈 국정원장에 대한
체포 영장입니다. 결재 좀
부탁드리겠습니다.

뒷장에 보면 아시겠지만,
임 부장의 모바일 메신저
대화 내용 당시 위치 추적 결과와
김세훈 국정원장이 살고 있는
아파트 지하 주차장 내 CCTV
영상 기록까지 모두 첨부해
놓았습니다.

만약 그 20억 원이
김진을 제거하기 위한 대가성
뇌물로 증명된다면 뇌물 공여 및
수수, 직권남용, 살인 교사, 특정범죄
가중처벌법 등 붙일 수 있는 항목이
산더미처럼 많아집니다.

이런 죄목들은 하나하나
법정 최고형인 무기징역까지
선고 가능하고요.

야, 이걸로 구속영장이 발부되고 기소가 된다 치자. 그런다고 해서 과연 유죄 판결이 날까? 난 솔직히 그게 의문스러운데.

뭐, 최종적으로 유죄 판결이 날지는 별개의 문제라고 봅니다.

일단 우리 쪽 수사가 가시적인 성과를 냈다는 데 의의를 둬야겠지요. 그리고 이렇게 명백한 증거가 있음에도 불구하고 유죄 판결이 나지 않는다면 그건 사법부 스스로가 권력의 하수인임을 자처하는 꼴이라고 생각합니다.

…

그래, 씨발.
죽이 되든 밥이 되든
일단 해보자.

검찰에 보내.
그 자식들 일 제대로 하는지
이번 기회에 끝까지
지켜보자고.

자, 빨리 식사하렴.

얼른 먹고
출근해야지.

어머니…

응?
왜 갑자기
눈물을 흘리니?

아, 아니에요.
눈에 뭐가 들어가서…

우와, 늦었다! 늦었어!

어당탕

아빠, 안녕히 주무셨어요. 헤헷.

저 학교 다녀올게요!

수희야.

?

195

아빠···
사, 살려줘!

안 돼!

이 판국에
인테리어 공사라…
좀 수상한데.

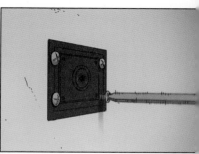

저 보입니까?

그래, 오케이.

대리님!

이 계단엔 액자를 걸어놔도 각도가 제대로 안 나와서 감시하기가 힘들 것 같은데요.

그럼 천장에 CCTV 하나 박아서 계단 전체를 볼 수 있도록 해봐.

네. 알겠습니다.

삐릭

삐릭

네. 팀장님.

공사는 어떻게 돼가?

네. 밤새 작업하면 내일 오전까지는 끝날 것 같습니다.

그래, 알았어. 수고.

뭐라는가?

내일 오전 중으로 공사가 끝난 답니다. 이제 김진을 잡을 일만 남은 거죠.

이번엔 놈을 확실히 잡을 수 있겠나?

홈그라운드의 이점이라는 게 있지 않습니까? 지금까지는 놈에게 끌려 다녔지만 이번만큼은 다릅니다.

이번엔 하늘이 무너져도 솟아날 구멍이 없도록 만들죠. 장담하겠습니다.

근디… 형님.
거 지난번 폐건물에서
서른 명이 덤벼도 못 당했는디…
요 인원 갖고 될랑가
모르것소잉.

지금 동원 가능한
애들이 몇이지?

끽해야
열댓 명입니다,
형님.

지레
겁먹은 아그들이
잠수를 많이 탔어라.
총도 사냥용 엽총
몇 자루뿐이고요.

지금 엽총
몇 자루 갖고
동네 패싸움
합니까?

회장님. 내일 국정원 내 특수작전부대 애들이 최신 장비를 갖추고 도착할 겁니다. 수는 예닐곱에 불과하지만, 지금까지 수십 번의 비밀 임무를 성공리에 수행한 최정예 요원들이죠.

쌍놈의 시키, 두고 보자

보면 아시겠지만 일반 조폭들과는 차원이 다릅니다. 그 친구들이라면 김진 하나 묻는 건 일도 아니죠. 저만 믿으십쇼.

좋아.
그런데 놈이 과연 올까?
혹시라도 눈치채고 오질
않는다면 준비한 모든 게
허사가 될 텐데.

그렇다면
놈이 절대 거부 못 할
미끼를 드리워야죠.
안 그렇습니까?

이봐, 박 검사.

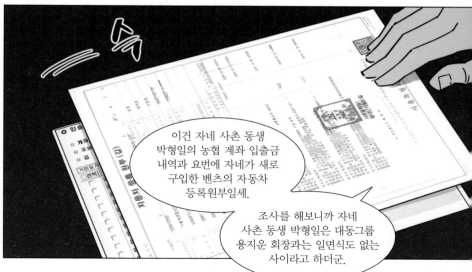

이건 자네 사촌 동생 박형일의 농협 계좌 입출금 내역과 요번에 자네가 새로 구입한 벤츠의 자동차 등록원부일세.

조사를 해보니까 자네 사촌 동생 박형일은 대동그룹 용지운 회장과는 일면식도 없는 사이라고 하더군.

그런데 그 얼굴 한 번 본 적 없다는 용 회장이 박형일에게 3억 원이라는 거액을 입금한 거야.

그리고 그다음 날, 자기앞수표로 발행된 3억을 가지고 벤츠 S클래스를 구입했어. 바로 자네 명의로 말이야.

이에 대해 해명할 기회를 주지. 대답해보게.

...

이봐, 지금 인터넷에서 검찰을 뭐라고 부르는 줄 알어? 벤츠 떡검이야, 벤츠 떡검.

자네 같은 부류 때문에 열심히 일하는 직원들이 욕먹고 검찰 이미지 깎아먹는 거 아니야. 이거 진짜 쪽팔려서 원.

참 나…

뭐?

아니, 막말로 그거
뭐 저 혼자 먹었습니까.
총장님도 차 바꾸셨던데
그건 왜 조사를
안 하세요, 네?

이 자식이
죽으려고
작정을 했나!

야,
어디 앵겨
먹을 데가 없어서
총장님을
거론해!?
앙!

드르륵

그만.

이거 지금 나보고 독박 쓰라는 건데 어이가 없네. 아나, 지들은 안 처먹었나? 어디서 재수 없이 청백리 코스프레야.

그래, 박 검사. 무슨 일인가?

아, 네. 용 회장님. 안녕하십니까.

아무래도 우리 이거 좆 된 거 같습니다. 회장니임.

자네 지금 술 먹었나?

네. 지금 속상해서 낮술 한잔하고 있습니다아.

오늘 감찰 조사
받았는데요, 저보고
모든 업무에서 손 떼고
대기 발령하고 있으랍니다.
빌어먹을.

그리고 말 들어보니까
경찰에서 김세훈 국정원장이랑
용 회장님 체포 영장 청구했는데,
별일 없으면 아마 오늘이나 내일쯤
영장 발부가 될 것 같다고 하네요.
저도 모가지고요.

이거 돌아가는
꼴 보니까 이쪽을 완전히
버리는 졸 취급하는 것
같습니다. 크크크.

허어,
이거 참…
아, 검찰총장은
뭐라던가?

말도 마십쇼.
얀 그래도 총장님 들먹였는데,
한 번만 더 그 양반 언급했다간
평생 감방서 썩게 해주겠다고
협박까지 당했습니다.
빌어먹을.

회장님.
제가 전화 드린 이유는
다름이 아니라
저도 먹고살 길을 좀
마련해주십사…

병신.

야, 최 이사랑
백 전무 지금 당장
들어오라고 전해.

네. 회장님.

214

국제선탑승
國際線搭乘
International
Boarding

여보,
제발 몸조심해.
알았지?

내 걱정 말고
경아나 잘 챙겨.
금방 돌아올게.
알았지?

응…

나 이제
들어갈게.

박 대리.
내가 없는 동안 우리
가족 좀 챙겨주게.

알겠습니다.
실장님.

민동욱이 지금
출국장으로 나가고
있습니다.

네.
이륙하는 것까지
지켜보겠습니다.

민일세.

네, 실장님.

자네 지금 어딘가?

말씀하신 별장 근처에서 캠핑 놀이 중입니다만.

아, 안 그래도 그거 때문에 전화했네.

저번 통화 때 감시 차량이 달라붙었다고 한 말 기억나나?

지나고서 생각해보니 아무래도 그때 레이저 도청 장비를 본 것 같다는 생각이 자꾸 들어서 말이야.

만약 놈들이 우리 대화를 엿들었다면 그 별장에 함정을 판 채 자넬 기다리고 있을 가능성이 높아.

지금 출국 직전인데, 이렇게 말해주고 나니 한결 마음이 놓이는구만.

출국이요? 지금 콩고 가시는 겁니까?

그래. 잘리지 않으려면 가는 시늉 정도는 해줘야겠지.

아무쪼록 몸조심하십시오, 실장님.

그래. 자네도 조심해서 움직이게. 그럼 이만 끊겠네.

…

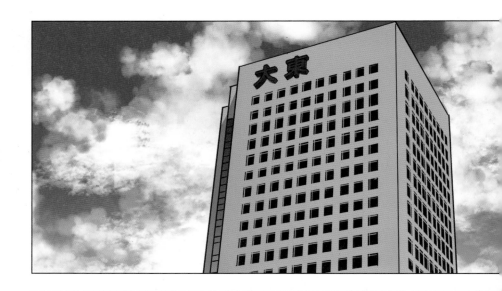

절대 검찰 소환에
응하시면 안 됩니다.

PRESIDENT ROOM

일단 구속되면
걔네 입맛대로 요리가
될 수밖에 없어요. 무조건
버티십시오, 회장님.

만약 내가 소환에
응하지 않는다면
검찰 쪽에서 어떻게
나올까?

뭐, 구속영장 등
강제수사 검토하는
수순으로 가겠죠. 그래도
하루 이틀 정도 시간은 벌 수
있을 겁니다. 그전에
쇼부를 봐야죠.

여기 최 이사님
말씀대로 일단 별장에서
그 청소부 K라는 놈에게 부상
당한 걸로 언론 플레이하면서
청와대와 딜을 하십쇼.

국정원장님과
합심해서 검찰과 언론에
재갈만 확실히 물리면,
적당한 선에서 매듭지을 수
있을 겁니다.

근디
그 국정원에서
나온 아색히는 어디
갔습니까?

아.

그 국정원
특수부대 애들
데려오겠다면서
나가더군.

인간 사냥?
한 50명 정도
되나 보지?

아니.
딱 한 명이야.

찰칵

한 명...?
겨우 한 명 사냥하려고
우릴 다 불렀단
말이야?

딥

좀 특별한
놈이라서 말이야.

치이익

이봐. 우리가
회사 맨 처음 들어와서
특수교육 받을 때
생각나나?

아, 정말 끔찍했지.
다시는 돌아가고 싶지
않은 시간이야.

그때 암살 및
침투술을 가르치던
교관이 누군지
기억해?

물론이지, 김진 과장.
지금이야 그 양반이 가르쳐준
기술로 먹고산다지만 그땐 정말
악마처럼 우릴 몰아세웠지.
죽여버리고 싶을 때가
한두 번이 아니었다고.
크크.

만약 그 김진을 합법적으로 사냥할 수 있는 기회가 주어진다면 어떻게 하겠나?

청소부 K

김세훈 국정원장, 1조 대 두바이 투자 사기사건 개입 의혹

- 두바이투자청의 검

민동욱이,
끝까지 아주 빅엿을
먹이고 가는구만.
더러운 개자식.

들어와.

원장님. 저기…

뭔가?
말해보게.

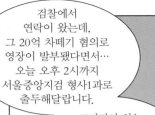

검찰에서 연락이 왔는데, 그 20억 차떼기 혐의로 영장이 발부됐다면서… 오늘 오후 2시까지 서울중앙지검 형사1과로 출두해달랍니다.

그러면서 하는 말이 청와대에 미리 사직서를 제출하는 게 낫지 않겠냐고…

사직서? 용 회장한테 용돈 얻어 쓴 게 어디 나 하나뿐이야?

피식

검찰총장과 청와대 비서실장도 목구멍까지 꽉꽉 채워 드셨더만. 기왕 이렇게 된 거 그 두 양반도 엮어서 함께 들어가야겠어. 나 혼자 죽을 순 없잖아. 안 그래?

이따 조사하다 이 얘기 나오면 우리 검사님들 표정이 아주 볼만하겠어.

위
이
잉
▼7

오후 2시까지
출두하라고?

네.

우리가
예상했던 대로 판이
돌아가는구만.

일단
몸을 피하시죠,
회장님.

그래.

237

이봐.
별장 준비는
어떻게 돼가나?

예정대로
정오 무렵이면
모든 공사가 완료될
겁니다.

다행이구만.
노파심에 다시 말하지만
절대 청소부 K를 놓쳐선
아니 되네. 이번 기회에 놈을
반드시 죽여야 돼. 그래야
우리가 살 수 있단 말일세.
알겠나?

물론입니다,
회장님.

애들은?

거시기… 좀 전에
학교에 사람 보냈으니
바로 데리고 올 수
있을 겁니다.

좋아.
애들은 합류할 때까지
자네가 책임지고
체크하도록.

그리고 최 이사와 백 전무는 검찰총장한테 연락해서 오늘 저녁 때 자리를 만들어보게. 돈은 얼마가 들어도 상관없으니 어떻게든 구워삶아봐.

네. 알겠습니다.

아, 혹시 모르니까 언론에다 충북 단양으로 간다고 정보를 살짝 흘리는 게 좋을 거 같습니다.

그러지. 최 이사가 홍보부에 이야기해서 우리 목적지를 몇몇 언론에 귀띔해주게.

1

땡

알겠습니다, 회장님.

드르르릉

용 회장님. 검찰청에 출두해 조사 받으라고 통보를 받으셨는데요, 소감이 어떠신지 궁금합니다!

우루루

김세훈 국정원장에게 20억 원을 뇌물로 준 것이 경찰 조사 결과 사실로 밝혀졌습니다! 저번에 말씀하신 대로 회장직에서 물러나실 겁니까?

이제 다른 사람들은 모두 살해당하고 용 회장님 혼자 남으셨는데 기분이 어떠신지요?

찰칵

전 오늘 이 나라가 과연 제대로 된 길을 가고 있는지에 대한 믿음을 상실한 채 심히 비통한 마음으로 이 자리에 섰습니다.

여러분도 잘 알다시피 이번 사건과 관련해 검찰에 출두하여 제가 할 수 있는 최대한의 답변을 한 바 있고, 검찰도 이에 의거하여 적법 절차에 따라 수사를 종결한 바 있습니다. 그럼에도 불구하고 또다시 검찰은 청와대의 지시 한 마디로 이미 종결된 사안에 대한 수사를 재개하려 하고 있습니다.

찰칵

찰칵

이러한 검찰의 태도는 더 이상의 진상 규명을 위한 것이라기보다는 다분히 현 정국의 정치적 필요에 따른 것 이라고 보아 저는 검찰의 출석 요구 및 여타 어떠한 조치에도 협조하지 않을 생각입니다.

이게 말이나 되는 소리입니까! 자신들의 비리를 덮기 위해 남의 흥허물을 부풀려 보도하라고 지시하는 행태가 과연 법치주의가 맞는지, 또한 법이 만인 앞에 평등하게 적용되고 있긴 한 것인지 감히 되묻고 싶습니다.

그럼 김세훈 국정원장에게 20억 원을 건네는 과정에서 용 회장님이 직접 개입했다는 경찰의 조사 결과는 거짓이라는 말씀인가요? 답변 부탁드립니다.

오케이.

다시금 문제 제기가 되고 있는 일련의 사건에 대한 개별적인 시시비비는 앞으로 여러 경로를 통해 해명할 기회가 있을 것으로 여겨 오늘 이 자리에서는 구체적으로 이야기하지 않겠습니다.

끝으로 검찰이 저에 대한 사법 처리를 하고자 한다면 이미 조사한 객관적인 자료에 의거하여 공정하게 진행해 주시기 바랍니다. 대한민국의 법질서를 존중하기 위해 사법부가 내리는 조처에는 그것이 어떤 것일지라도 저는 수용하고 따를 것 입니다. 이상입니다.

검찰 소환에 불응한 용지운 회장은 마치 선전포고를 하듯이 청와대를 직접 겨냥해 공격적인 자세로 나왔습니다.

오늘 오전 대동건설 사옥에서 약 5분간 진행된 인터뷰에서 그는 이번 수사가 청와대의 지시에 의한 명백한 기획 수사라고 주장하며 검찰의 어떠한 조사에도 응하지 않겠다고 강한 어조로 말했습니다.

대동그룹 용회장 '명백한 기획수사'

용 회장은 성X종 스캔들로 궁지에 몰린 현 정부가 자신을 제물로 삼으려 한다며 목소리를 높여 비난한 뒤 승용차를 타고 모처로 떠났습니다.

용 회장의 이 같은 발언을 전해들은 검찰은 이번 수사를 기획 수사로 규정지은 데 대해 경악을 금치 못한다며 이는 진실을 규명하려는 공권력에 정면으로 도전하는 행위라며 분노를 감추지 못했습니다.

저렇게 말하면 파장 클 텐데… 저 양반이 독이 오를 대로 올랐네.

그러게요. 스스로 무덤을 파네요.

저 정도면
검찰 입장에서도 가만
놔두지 않겠는데요.

궁지에 몰린
쥐가 고양이를
무는 격이지.

시조 문학의
향유층이 확대되면서
주목할 만한 일이 바로
여류들의 시조
활동입니다.

이 여류들은
사대부 양반들과 함께
즐기던 기녀들이 그 대부분을
차지했는데요.

선비들의
시조는 풍류를 즐기거나
유교적 이념을 관념적으로
표출하는 데 비해서,

기녀들의 시조는
인간의 진솔한 모습을
노래하거나 숨김없는 서정의
표출이라는 점에서,
상당히 흥미롭…?

이 선생.
수업 중에
미안합니다.

저기
용태호 학생.

저요…?
네.

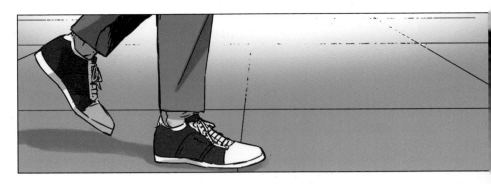

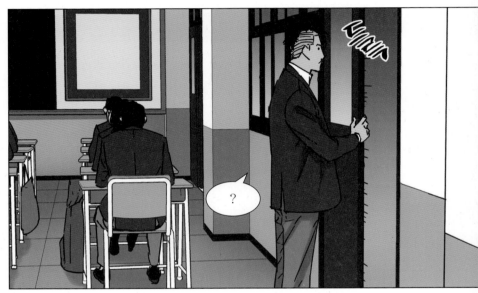

?

도련님,
저 철웁니다.

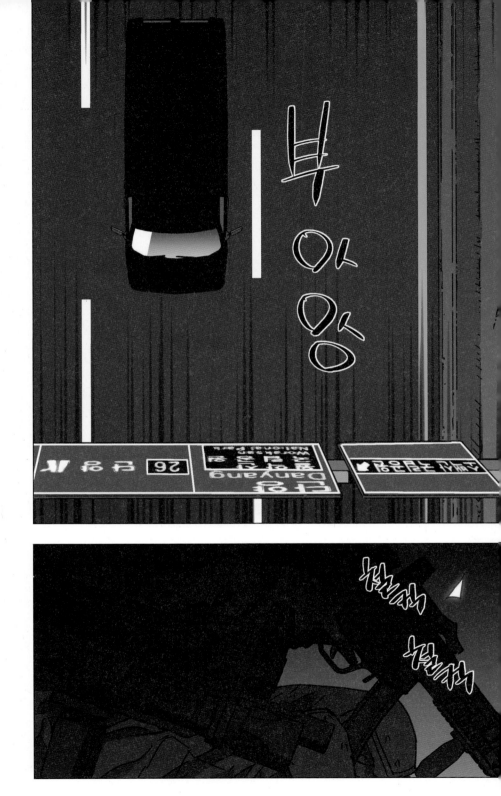

자, 주목.

지금 우리가 가고 있는 곳은 소백산 인근에 자리 잡은 3층짜리 별장 건물이다. 가장 가까운 마을과는 5km 이상 떨어진 산기슭에 위치해 있고, 삼면이 험준한 산악으로 둘러싸여 있는 오지다.

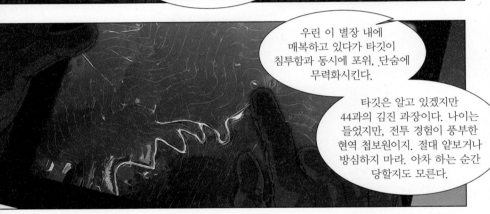

우린 이 별장 내에 매복하고 있다가 타깃이 침투함과 동시에 포위, 단숨에 무력화시킨다.

타깃은 알고 있겠지만 44과의 김진 과장이다. 나이는 들었지만, 전투 경험이 풍부한 현역 첩보원이지. 절대 얕보거나 방심하지 마라. 아차 하는 순간 당할지도 모른다.

보다 완벽한 작전 진행을 위해 지금부터 여러분은 눈을 가리고도 별장 안을 뛰어다닐 수 있을 정도로 건물 구조를 완벽하게 숙지하기 바란다.

자, 그럼 질문 있나?

우리 팀 말고 별장 내에 사람이 몇 명이나 있습니까?

아. 대동그룹 직원 열댓 명이 경비를 선다고 들었다. 직원인지 조폭인지는 정확히 알 수 없지만 우릴 대신한 총알받이인 것만은 확실하다.

총알받이라도 어느 정도는 버텨줘야 할 텐데 말입니다.

말씀대로라면 건물 내 CQB(근접전투) 위주의 작전이 될 것 같은데, 저희 저격조는 어떻게 할까요?

혹시 모르니까
매복은 해야겠지. 저격조
2명은 별장을 앞두고 미리
내려서 도보로 침투한다.
탄약 넉넉히 챙기고 포인트를
잡으면 연락하도록.

우린
근처서 대기하다가
용 회장 일행과 합류해서
별장으로 들어간다.

네. 알겠습니다.

부웅

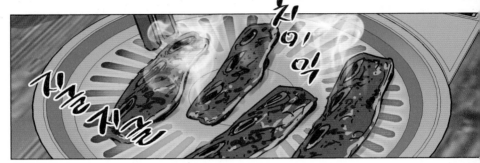

나 죽으면 당신도 죽고 다 죽는 거야. 까놓고 말해서 지금 권력 실세 중에 내 돈 안 처먹은 새끼 있어? 있으면 나와 보라고 그래.

다시 한 번 말하지만 나 혼자 절대 안 죽어. 만에 하나 내가 법정에 서게 되면 그땐 대한민국을 완전히 뒤집어 엎을 걸세. 이건 20년 우정 때문에 해주는 마지막 조언이야. 알겠나?

돈 집어줄 땐 좋아라 꼬리 치더니 이제 와서 날 내치려 들어? 빌어먹을 놈의 자식.

우물우물

이 새끼들, 지금 고기가 입으로 넘어가냐! 응!

니들이 아랫도리 한번 잘못 놀리는 바람에 내가 평생 일궈놓은 그룹이 망하게 생겼어! 이 자식들아!

그만들 처먹고 일어나. 이제 별장으로 가자.

죽이 되든 밥이 되든 마지막 패는 까봐야지. 씨발.

웬 텐트지…?

혹시 김진의
텐트 아닐까?
일단 보고해.

네. 알겠습니다.

광

컥!!

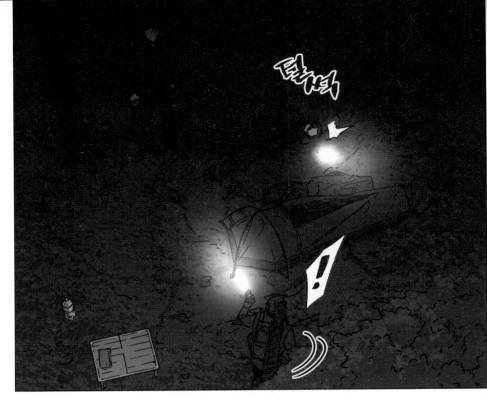

총성이었지?

그래.

여기는 토끼굴.
올빼미 나와라.

방금 전
총성은 뭔가?
올빼미.

응답하라.

여긴 올빼미.
지근거리에서 멧돼지와
맞닥뜨려 어쩔 수 없이 사살했습니다.
급박한 순간이라 소음기를 낄
시간적 여유가 없었습니다.
이상.

......

참 나.
별일이 다
터지네.

그러게.

알았다.
부상자는 없나?

없습니다.

저격 포인트는 잡았나?

아, 아직입니다. 너무 어두워서…

그래, 너무 늦기 전에 적당한 곳에 잡도록. 잡는 대로 바로 연락하고.

넵, 알겠습니다.

대답 잘했다. 그럼 내가 묻는 대답할 차례다.

별장에 총 몇 명이 있나?

한 서른 명 정도 될 겁니다.

저희 팀 여섯에
대동그룹 조직원이 한 열다섯.
그리고 용 회장과 학생들
기타 일행이 예닐곱 정도
되는 것 같습니다.

박진열
일행은 뺐군.

네? 아,
그, 그쪽이
네 명인가 세 명인가
그렇습니다.

총 서른둘이라⋯
좋아, 그럼 별장 안에
어떤 함정을 판 채 날
기다리고 있나?

네? 그, 그게
무슨 말씀이신지⋯?

정말 몰라?

네. 진짜 모릅니다.
중간에 차에서 내려
여기까지 걸어
올라왔거든요.

우우웁!!

쉬잇~ 거짓말을
하거나 모른 척할 때마다
손가락을 하나씩 날려주겠다.
이제 아홉 개 남았군.

자, 다시 한 번
묻겠다. 별장에 어떤
함정을 파놓았지?

교, 교관님…

저 정규진입니다.
5년 전쯤 암살 및 침투 교육
받은 적이 있는데…
기억 안 나세요?

그래.
보니까 낯익은
얼굴이군.
그런데?

제, 제발
살려주십쇼.
부탁입니다… 교관님.
전 진짜 아무것도
모릅니다.

이정표 팀장님이
시키는 대로 행동했을
뿐이에요. 진짭니다!

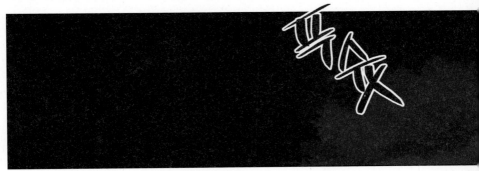

어차피
죽음을 각오하고
시작한 요원 생활 아닌가.
그런데 이제 와서 개처럼
목숨을 구걸하다니…
구차하군.

좋아.
몸도 풀었으니
옛 제자 놈들이나
만나러 갈까.

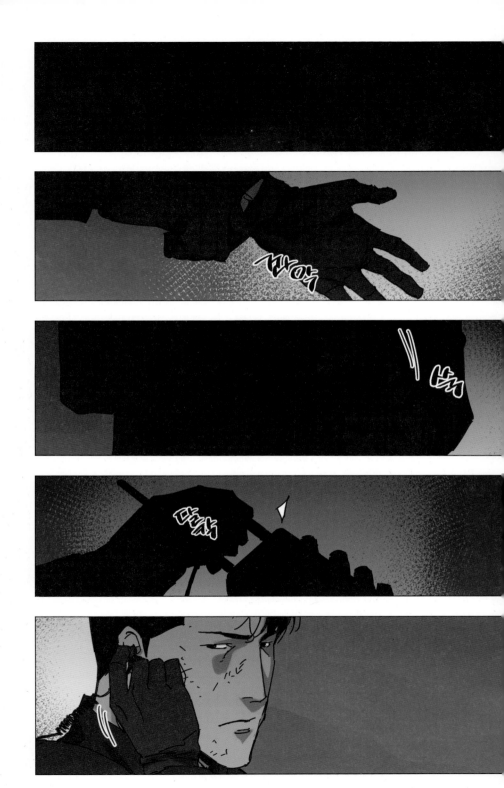

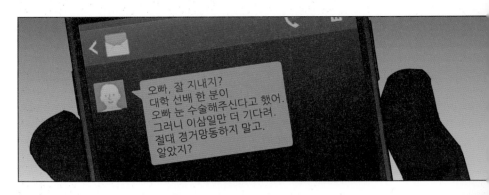

후우.

5권에서 계속

청소부 K 4

초판 1쇄 인쇄 2018년 11월 28일
초판 1쇄 발행 2018년 12월 10일

지은이 신진우 홍순식   **펴낸곳** (주)해피북스투유
펴낸이 김문식 최민석   **출판등록** 2016년 12월 12일 제2016-000343호
편집 강전훈 이수민 김현진   **주소** 서울시 마포구 독막로 178-1, 5층 (구수동)
디자인 손현주   **전화** 02)336-1203
편집디자인 홍순식 박은정   **팩스** 02)336-1209

ISBN 979-11-88200-46-7 (04810)
        979-11-88200-42-9 (세트)